KB057211

늦저녁의 버스킹

늦저녁의 버스킹

김종해 시집

문학세계사

등단 57년째, 시인으로서 한세상 살아오면서 나는 많은 깨달음과 지혜를 얻었다. 사람 몸 하나가 온갖 감정과 영혼을 담고 있는 악기樂器라는 것을 뒤늦게 알게 된다.

부드럽게 불어오는 바람 속에서도, 한 잎의 풀잎에서도 바람이 가진 고유의 악기를 느낀다.

늦가을 나뭇잎이 한 장 지상에 떨어질 때 들을 수 있는 그 비애는 독특하다. 낙엽 한 장에도 부드러우면서 칼날같이 예리한 자연귀소의 결단력이 담겨 있다. 떠나야 할 때 머뭇거리지 않는 저 한 장의 생명의 미세한 움직임과 그 변주變奏를 나는 듣고 있다.

늦은 저녁, 지상과 우주의 한쪽 귀퉁이에서 나는 내가 가진 모든 악기를 나의 몸속에서 끄집어내어 연주하고 싶다. 사람의 감정으로 살아왔던 그 고통스러운 연대기와 함께 영혼 속 모든 악기의 합주를 나는 시의 언어로 남기고 싶다.

　나는 좀 더 사람의 몸에 가닿는 고통과 환희의 시를 쓰고 싶다.

　　　　　　　　　지봉池峯 김 종 해

차례

1. 사람으로서 살았던 때가 있었다

2. 아내를 위해 밥상을 차리다

3. 늦저녁의 버스킹

4. 적벽赤壁에 서다

5. 천사들이 출연한 라이브 극장

1

사람으로서 살았던 때가 있었다

사람으로서 살았던 때가 있었다

멀리서 보면 고요하고 아름답구나
가까이서 보면 허방뿐
내가 살아왔던 행성
내가 떠나고 없는 세상
나는 한평생
사람으로서 무엇에 매달려 있었던가

풀잎을 보았다

조그만 풀잎 하나로 살다가
한 생生 다 지낸 뒤
이땅에 두고 가는 것은 저마다 다르구나
누구는 봄날 햇살이겠거니
한 철 바람이겠거니
눈부신 꽃잎의 그림자겠거니
그러나 영겁의 시간이 지난 뒤에도
저 풀잎 안에서
또 몸을 일으켜 세우는 것은
작고 어린 풀잎 유전자 하나!

푸른 별에서의 하루

우주 바깥에서 바라보는 지구는
언제나 푸른 별이다
작고 아름답다
저 푸른 별 안에서
나는 지금 외롭게 살아가고 있다
길은 사막 같기도 하고 강물 같기도 하다
어디서 와서 어디로 가는가
나는 알지 못한다
만리 바깥을 보지 말라던
앞선 사람들의 유훈을 깜박 잊어버렸다
푸른 별의 시공 속에 잠시 살았던
그 사람들이
가끔 꿈속에서 별로서 나타난다
푸른 별은 언제나 나의 일상 속에 있다
사람의 하루가 또 저물어가는구나

외로운 별은 너의 것이 아니다

떨어지는 잎을 보며 슬퍼하지 마라
외로운 별 그 안에 와서
사람들마저
잠시 머물다 돌아가지 않더냐
봄 여름 가을 겨울
어느 것이든 사라져 가는 것을
탓하지 마라
아침이 오고 저녁 또한 사라져 가더라도
흘러가는 냇물에게 그러하듯
기꺼이 전별하라
잠시 머물다 돌아가는 사람들
네 마음속에
영원을 네 것인 양 붙들지 마라
사람 사는 곳의 아침이면 아침
저녁이면 저녁

그 빈 허공의 시간 속에서
잠시 안식하라
찰나 속에서 서로 사랑하라
외로운 별은 너의 것이 아니다
반짝 빛나는 그 허공의 시간을
네 것인 사랑으로 채우다 가라

살아가는 동안에

살아가는 동안에
나는 하늘이 좋다
바람이 불고
비가 내리고
때로는 눈 내리는 하늘이
나는 너무 좋다
이생에서 오래 걷는 동안
푸르고 맑은 하늘은
항상 볼 수 있는 것은 아니다
슬프고 기쁜 날
하늘을 보라
하늘은 내 마음속에 먼저 들어와
어둡기도 하고
화안한 모습이 되기도 한다
바람이 불고

비가 내리고
때로는 눈 내리는 하늘이
세상 살아가는 나보다 먼저 찾아와
내가 가진 헛된 꿈을
다독이기도 한다
세상 살아가는 일처럼
나는 변화무쌍한 하늘이 좋다

천지만물 중에서

참 우습지
잎진 야생의 숲이며 나무등걸들
동안거冬安居의 승려들보다
더 진지하게
겨울 동안 죽은 듯 엎드려 있다가
봄이면 부스스 몸을 일으켜
가지마다 줄기마다
잎이며 꽃장식 하는 거
참 우습지
세상 살아본 사람들 눈에는
천지만물 중에서
왜 야생이 그 짓거리를 되풀이하는지
이 봄에는
좀 알아보고 싶구나

민들레 만세!
─시멘트 돌바닥에서 민들레가 자란다

시멘트 돌바닥을 가르고
3월, 민들레가 돌아났다
하늘을 바라보며
자유롭게 온몸을 흔드는
저 눈부신 야생의 춤
민들레야 민들레야
철벽의 감옥보다 더 단단한
제 속의 캄캄한 절벽을
오체투지로 기어오른
네 어린 사랑의 힘
너를 보며 오늘 나는
한 마디 말마저 잊은 채
속절없이 눈가에 감도는 눈물을 닦는다
민들레 만세!

풀꽃 한 송이를 보다

바쁠 것도 없는 세상
내려놓을 것 다 바닥에 내려놓고
머리를 숙이고 천천히 걷다가
나는 보았다
내 발보다 아래
시멘트 포도鋪道 길바닥을 뚫고 나온
한 송이 노란 풀꽃
가던 길 멈추고 나는 공손해진다
모진 삶의 역경을 거슬러 오르는
저 작은 꽃대 위에서
노랗게 웃고 있는 풀꽃 한 송이를 보며
나는 공손해진다
사월 초파일 하루 전날
어린 부처의 말씀이
시정市井 길거리까지 내려와서

풀꽃 하나의 화두話頭로
깜짝 놀래키듯
오늘 여기 보란 듯
삶의 생기를 북돋아 준다

캄캄한 봄날

미세먼지 탓으로 봄날은 어둡다
입과 코를 가린 봄날
산수유 꽃이 마스크 안에 갇혀 있다
한낮에 바삐 걷는 사람들
하얀 마스크 검은 마스크에
봄날은 갇혀 있다
노란 산수유 꽃이
길 바깥에서 눈치를 본다
기다리던 올 봄날은
정말 싹이 노랗구나
멀리에서 코 막고 입 막고 온 봄날은
정말 캄캄하다
미세먼지 탓으로
봄날을 돌려세우기엔
한 시대時代 사는 일이 너무 억울하다

봄날 마스크 벗고 걷는 사람은
나 혼자뿐!

봄감기

벚꽃이 피고 벚꽃이 지는 봄날 열흘 동안
나는 몸이 아프다
벚꽃 꽃잎으로 천지가 눈부시게 환할 때
신열身熱은 시작되고
바람에 날린 꽃잎이 천지에 가득할 때
동통疼痛은 온몸에 퍼진다
바람 속에서 나는 기침을 한다
내 몸은 민감하게 봄을 감지한다
꽃이 피고 꽃이 지는 그 황홀한 열흘 동안
눈부신 꽃잎 한 장 한 장에 매달려 환호하였고
바람에 떨어지는 꽃잎 한 장에도
나는 아파했었다
마음속에서 일어나는 이 봄날의 징후를
나는 감출 수 없다
바람 속에 스러져

꽃잎이 제 모습을 감추기까지
나는 봄을 아프게 맞아들여야 한다

화무십일홍花無十日紅에 대하여

꽃이 열흘만 붉게 핀다고 한탄하지 마라
누구에게나 낯설지 않은 붉은 꽃이여
봄날 바람이 부는 것은
꽃을 깨우기 위해서이며
꽃이 붉은 것은
바람이 불어와서 흔들기 때문이다
열흘 붉은 꽃은 없다라는 말은
다음해 봄을 또 기약하라는 말이다
봄의 이름 앞에 바람이듯
영원은 고요히 스쳐 지나지만
그대는 꽃 앞에서 순간의 나그네
영원 뒤에 숨어서
붉게 피는 꽃이여
오늘 나는 혼자서
그 꽃을 가만히 들여다보네

밥을 위한 기도

식탁 위의 밥을 보면
세렝게티* 초원이 보인다
세렝게티 초원 위에는
하느님이 차린 식탁
한 포기 풀마저도 누구에게는 밥이다
밥을 찾아 밥을 먹고 길 떠나는
누떼와 가젤, 얼룩말들……
그들 또한 누구에게는 밥이다
사자, 하이에나, 악어가 산 채로 뜯어먹는
야생의 밥이다
세렝게티 야생의 삶 속에서
밥을 먹고 먹히는 끊임없는 먹이사슬
세렝게티는 천국과 지옥이 함께 이웃한다
사람 사는 세상 또한 세렝게티
주여,

저 날것으로 먹히는 모든 연약한 삶에게도
사랑과 기도의 말이
저희 삶을 지키는 철책이 되게 하소서
생명을 지닌 한 포기의 풀
스스로를 지키고 스스로의 일생을 마감하는
하루살이 떼에게마저도
아름다운 낙원의
지는 해를 보게 하소서

*세렝게티 : 아프리카 탄자니아에 있는 사바나
  지역의 삼림 지역, 초원지대.

2

아내를 위해 밥상을 차리다

호놀룰루는 아름답다

죽기 전에 꼭 한 번 가보고 싶었던 곳
하와이의 호놀룰루
야자수 휘날리는 와이키키 모래 해변에서
바라보는 태평양은 꿈꾸는 듯 푸르렀다
어느 곳이나 사람 사는 곳
여행은 지나가는 시간을
모두 낙원으로 만든다
신혼여행도 하지 못한 산수傘壽의 늙은 아내를
스마트폰 카메라에 소중히 담는다
오늘이 지상의 마지막 날이라 한다 해도
나는 더 바라지 않고 더 꿈꾸지 않겠다
그간 세상의 온갖 굴곡과
험지險地에서 만난 비바람도
오늘은 따뜻한 낙원의 시간 속에 풀어놓는다
빅아일랜드의 매캐한 화산 바람도

오아후섬으로 건너와서
찡긋 눈인사를 한다

오아후섬 진주만에서

하와이 오아후섬의 진주만 푸른 해변에는
지금 반짝이는 진주조개는 찾아볼 수 없지만
바다속에 침몰한 애리조나 호의 수병들이
하나같이 별빛으로 떠서
아직도 평화와 자유를 지키고 있는 것을 볼 수 있다
침몰한 함선 갑판에서
애리조나 승무원들을 향해
잠깐 묵념하는 그 순간에도
그날의 그 커다란 파도는 내 가슴을 뛰어넘는다
애리조나 수병들이 죽음으로 지킨 그 방파제 너머
일본 식민지 노예가 된 조선朝鮮이 있기 때문이다
그 전쟁에서 일본이 승리했다면
조선은 일본 제국주의의 이름 없는 한 변방——
하와이의 오아후섬에 가서 보면
지금까지 일본이 왜 독도를 자기 땅이라고

우거대는지 알 만하다
독도는 일본 제국주의 침략사의
마지막 식욕이기 때문이다

축복이 잊혀지지 않는 이유

성탄절 다음날 아침
수색 우리집 마당에 눈이 하얗게 내렸다
수색역 철길 가에 쌓였던 시커먼 석탄더미 언덕이
축복처럼 하얗게 면사포를 썼다
우리들의 결혼식날 아침은
까치가 나뭇가지 위에 와서 먼저 눈을 털었다
그 다음으로
마당에 하얗게 깔린 눈을 밟고
축의금 봉투에다
눈보다 더 포근한 말씀을 담아서
김현승 선생님이 내방하셨다
선 걸음에 수색시장 쪽 집으로 돌아가시는 선생님은
하얀 고무신을 신으셨다

오후에는 중구 다동 호수그릴

한복을 입은 박목월 주례 선생님이 오시고
칼릴 지브란의 시가 새겨진 청첩장을 읽은
현대시 동인들과 시인들과 하객
첼로 생음악 연주 속에
함께 사진을 찍었다
유명을 달리한
어머니와 형과 아우도 흑백 사진 속에서
따뜻한 겨울 첼로곡을 듣고 있었다

세상 살아가는 일
순식간의 일이구나
성탄절 다음날 아침
그날 내렸던 눈발이
오늘도 저 혼자서 하얗게 흩날리는구나

아내를 위해 밥상을 차리다

열사흘 독일 여행 끝내고
아내가 돌아온다
오늘 저녁 아내를 위해
내가 차리는 어눌한 밥상
쌀 씻어 압력밥솥에 안치고
시장에서 사온 제주 생물갈치
다진 마늘 고추 파 양념간장 버무러서
냄비 안에 졸인다
아내를 위해 저녁 하늘은 바삐 저문다
열흘 남짓 식탁 위에서
혼자 차려 먹던 설익은 밥
독거노인의 캄캄한 시간도
오늘이면 끝이다
아직도 가야 할 길은 멀지만
아프지 않고 서로에게 안식이 되어주는 삶

아내가 있어 나는 너무 고맙다

압력밥솥 위에서

다 된 밥을 알리는 노즐도 뛰고 있다

아내를 사랑하라

희수喜壽를 앞둔 노년의 나이
눈도 귀도 몸마저 조금씩 돌아가는 그 나이
지나온 세월이 남긴 행복과 불행을
묻지도 말고 생각지도 말라
반려자 없이 혼자 살아가는 노년은 얼마나 슬픈가
아내가 죽어서 없는 삶보다
아내가 살아 있는 삶이 나는 행복하다
아내와 함께하는 세상의 삶이 내게는 은혜롭다
프로야구에 빠져 거실의 TV를 보다가도
아내가 좋아하는 드라마 방영시간이면 방을 옮겨라
주중엔 집안에 오래 머무르지 말며
없는 듯 지내고, 소리 내지 말라
아침에 아내가 외출하면 행선지를 묻지 말며
귀가 시간을 묻지 말라
아내의 쇼핑

아내의 해외여행 경비 지출에
조금도 불편한 내색을 보이지 말며
압력밥솥의 밥은 손수 퍼서
식탁 위에서 조용히 먹을 것
먹고 난 뒤 그릇들은 즉시 씻어둘 것
아내의 눈치를 보며 반주飯酒상을 차리려면
아내도 함께 즐길 안주감을 장만할 것
한 주에 한두 번 수산시장에 가서
아내가 좋아하는 바다생선류들을 장보아 올 것
생선 내장을 빼고 말리거나
냉동실에 넣기 위해 손질할 때도
칼 잡은 손을 놓지 말며
도마 근처에서 떠나지 말 것
낮시간에 가끔 영화관도 함께 가라
가서, 눈가에 감도는 눈물도 아내 몰래 닦아내라

아내가 죽어서 없는 삶보다
아내가 생기 있게 살아있는 삶이 나는 행복하다
아직은 아프지 않고
이 세상에서 아내와 함께하는 삶이
나에게는 은혜롭다

세밑에 서서

북한산이 조금 내려와 있는 저녁
불광동 연신내 어귀에서
우리는 양평해장국을 먹었다
북한산의 산빛보다는 어려보이는
물빛 세월 산수傘壽의 나이
아내와 함께 양평해장국을 먹었다
국물은 세밑의 우리를 따스하게 한다
하루 지나면 새해가 되는 섣달의 끝
이른 저녁 켜지는 불빛 속에서
연신내는 발밑에서 물소리를 감추고 있었지만
나는 세상의 소음을 다 듣고 있다
불빛이 보이는 곳엔 사람이 산다
무심한 듯하지만 사람 사는 세상은 어디나 같다
사람들 마음속에도 어둠이 보인다
알 수 없는 그 어둠 속에서

바다 찾아가는 작은 시냇물 소리를
나는 연신내에서 듣고 있다
이제 어둠이 끝나면
누구에게나 새해가 찾아들리라
가는 사람 가고, 오는 사람은
또 다시 막힌 세상의 어둠과 맞서리라
연신내의 물소리도 듣는 자의 것이리라

광화문의 달

정월 대보름날 저녁
세종로 주상복합 건물 16층 옥상에서
바라보는 달은 크고 검붉었다
또 한 번의 겨울이 여생을 스치는 동안
아내는 여든한 살
남편은 일흔여덟 살
저 하늘 속에 누구랄 것도 없이
부부는 달을 바라보며
짧게 기도했다
서로 한 마디 말도 하지 않았지만
아들과 딸과 며느리와 사위
손자와 손녀들이
겨울 오로라로 화안하게 떠올랐다
정월 대보름날 달은 떠서
사람 사는 날의 하루

노부부가 사는 세종로의 밤하늘 위에
딱 멈추어 있다

블라디보스톡으로 가다

서울에 며칠째 폭염경보가 내려진 8월의 첫째 주
3·1 독립선언을 선포했던 기미년 100주년
우리 조손祖孫 3대는 북쪽으로 여행을 떠났다
러시아 연해주의 블라디보스톡
아들과 며느리, 딸과 사위, 손주들이 함께 하는
두만강 건너 옛 발해가 숨쉬는 땅
한겨울 혹한기에 바다가 얼면
간도지방에서 인마人馬와 함께 건너가던 땅
해외 독립운동의 전초기지
뜨거운 햇살 아래
신한촌이 자꾸 눈에 밟혔다
대한의 자주와 독립을 꿈꾸며
새 삶과 자유를 갈망하던
유랑 한인韓人들의 고난이 시작된 곳
옛 개척리에서 쫓겨와

블라디보스톡의 변두리 산비탈

피땀으로 다시 일군 신한촌

지금은 이곳에 집시보다 더 슬픈

카레이스키들은 멀리 떠나고 없다

그 자리에 우리 조손祖孫 3대가 서서 올리는 묵념

한적한 신한촌 기념탑 앞에 서면

가슴이 시리다

세 개의 대리석 기둥 기념탑 주위로

계절마다 피고 지는 야생화가 자라고

누군가 잊지 않고 올려놓은 꽃바구니에는

민족의 번영을 기리는

한인들의 꿈이 담겨 있다

베트남 다낭을 외유하다

베트남 다낭 공항에 도착하던 첫날밤
아내와 따로 쓰는 하얏트 리조트의 침상 위에서
나는 밤새도록 잠을 이루지 못했다
베트남 역사와 자유를 망가뜨린
침략군의 얼굴을 잊지 마라
자정이 넘은 캄캄한 밤하늘 위에서
사방 벽에서 원혼들의 울부짖음 때문에
나는 밤새도록 원혼을 위무하며 머리를 숙였다
베트남 전쟁 때 한국군의 파병을
깊이 사죄드립니다.
무고한 인명을 살상했던 저주받은 전쟁
내 아우와 내 친구들의 참전參戰을 용서하소서
불면 속에서 새벽이 다 되어 커튼을 열어젖혔을 때
창밖의 세상!
야자수 휘날리는 다낭의 눈부신 모래해변 위로

천사들의 모습을 한 하이얀 새벽파도가

내게로 소리치며 달려왔다

나는 지금 살아서 움직이는 천상의 낙원을 보고 있다

온몸에서 돋는 남국南國의 환희

누가 감히 이 땅의 자유와 평화를 총포銃砲로 범접하랴

서울에 한파가 밀어닥친 11월 둘째주

베트남 다낭에서

나는 닷새 동안 꿈꾸듯 외유하였다

어디서나 사람 냄새나는 인간의 마을

다낭은 눈부시고 아름다웠다

아우의 페르시아행

인사동 이모집 불빛이 캄캄하다
술 한 잔 입에 대지 않고 아우는 조용하다
아우 뒤에서 완강하게 암癌은 버틴다
사흘 뒤 이란으로 떠나는 시인들이
인사동 이모집에서 저녁밥을 먹으며
각자 페르시아를 이야기한다
시와 축구가 시인들을 들뜨게 한다
여행 일정을 조율했던 아우는
정작 페르시아 후대 시인들을 만날 수 없다
인사동의 밤은 캄캄하고
시인들은 페르시아 역사와 축구를 꿈꾸며 흩어진다
인사동에서 아우가 강을 건너 귀가한다
세종로를 걸어서 귀가하는 내 머리 위에서
늦은 밤 크고 푸른 별 하나가 흔들린다
푸른 별 하나가 위험하다

나는 스마트폰을 꺼내어 하늘을 향해 셔터를 누른다
하늘에 있던 슬픔 하나가
비로소 내 몸속으로 깊숙이 뛰어든다

추억은 아프다

나에게서 나의 안으로
바람이 부는 날은 나는 혼자서 아프다
추억 끝에서 가느다랗게
묵음默音으로 떨고 있는 메시지처럼
문득 스쳐 지난 인연들이 가슴을 벤다
지금은 이 땅을 뜨고 없는
세 사람의 젊은 시인을 나는 추억에서 소환한다
밀양의 오규원 시인
보령의 임영조 시인
부산의 김종철 시인
세 사람의 젊은 시인이 각기 고향을 떠나
서울 용산역 앞 태평양화학 홍보부에서
함께《향장香粧》지를 만들던
1970년대의 중반쯤
민주와 자유의 열망이 뜨거웠던 그 시절에도

아름다운 여성의 꿈과 사랑
향기를 담아내던 당대의《향장》
한 직장에서 함께 일하던
세 사람의 젊은 시인을
추억에서 나는 모두 소환한다
왜 그들은 숙명처럼 그곳에 모여 있었을까
뛰어난 젊은 시인의 재능과 개성으로
한국 현대시사의 별이 되었던
세 사람의 시인들
왜 그들은 세상의 한곳에 모여 있다가
아까운 나이에
뿔뿔이 다른 별로 사라졌을까
추억 속에서 수시로 떨리며 오는 문자 메시지
오늘은 바람 부는 날
나는 혼자서 아프다

3

늦저녁의 버스킹

늦저녁의 버스킹

나뭇잎 떨어지는 저녁이 와서
내 몸속에 악기樂器가 있음을 비로소 깨닫는다
그간 소리내지 않았던 몇 개의 악기
현악기의 줄을 고르는 동안
길은 더 저물고 등불은 깊어진다
나 오랫동안 먼 길 걸어왔음으로
길은 등 뒤에서 고단한 몸을 눕힌다
삶의 길이 서로 저마다 달라서
네거리는 저 혼자 신호등 불빛을 바꾼다
오늘밤 이곳이면 적당하다
이 거리에 자리를 펴리라
나뭇잎 떨어지고 해지는 저녁
내 몸속의 악기를 모두 꺼내어 연주하리라
어둠 속의 비애여
아픔과 절망의 한 시절이여

나를 위해 내가 부르고 싶은 나의 노래
바람처럼 멀리 띄워 보내리라
사랑과 안식과 희망의 한때
나그네의 한철 시름도 담아보리라
저녁이 와서 길은 빨리 저물어 가는데
그 동안 이생에서 뛰놀았던 생의 환희
내 마음속에 내린 낙엽 한 장도
오늘밤 악기 위에 얹어서 노래하리라

낙산사에서 깨치다

가랑비 내리는 늦가을 낙산사
도후度吼 큰스님의 따끈한 차 대접을 받고
선방禪房을 나와서 문턱에서 신발끈을 조여매는데
문득 기왓골에서 떨어지는 낙숫물소리!
까마득하게 나를 깨우는
저 나지막한 낙숫물소리!
아아, 내가 나를 몰라보고 지내온 것이
그 얼마인고?
물 흐르듯 하라 낮은 데로 가라
낙산사 범종梵鐘에서 울리는 예불 종소리보다
의상대義湘台 절벽 아래서
거칠게 먼 바다를 건너와
절벽 바위에 제몸을 깨뜨리는 파도보다
더 예리하게 나를 깨우는 낙숫물소리
알 듯 모를 듯 미소를 띤 채

이날 도후度吼 큰스님은

사천沙泉 이근배 시인과 나를

속초 버스터미널까지 친히 차로 배웅해 주시다

멀리 설악산 높은 봉우리 위에는

붓으로 그린 듯한 하얀 눈

저물어가는 늦가을 머리 위에 찍혀 있다

낯선 뒷모습

노인은 천천히 여장旅裝을 꾸린다
죽기 전에 또 하나의 세계가 있음을 깨닫는다
저녁 무렵이나 밤이 다 되어
그가 떠나려고 하는 그곳은 어디일까
치매라는 이름의 낯선 뒷모습이 아프구나
세상을 다 놓아버린다는 것은
그 속에서 살아가는 모든 것의 이름을
놓쳤다는 것이다
바람이며 꽃이며 사랑했던 사람의 이름
밤낮의 의미가 잊혀진 것처럼
삶 속의 만남과 헤어짐도
모두 의미를 잃었다는 것이다
캄캄한 무위無爲의 사랑이여
가는 길도 잊고
오는 길마저 잊은 채

행선지마저도 묻지 마라

죽기 전에, 또 하나의 망각 속에 들기 전에

오늘 그대의 이름만은

뒷사람의 추억 언저리에 부디 남겨지고저

호젓한 만찬

유리창 밖으론 낯익은 친구
날 저물기 전에 유리창 밖에서
기웃거리는 저녁 구름을 보면
왜인지 그를 초청하고 싶다
이곳을 먼저 떠난 친구들을 생각하며
오늘 저녁
내가 나에게 베푸는 호젓한 만찬
도마 위에 식재료 갖추갖추 호명하고
잘 숙성된 제주 오겹살
뭉텅뭉텅 칼로 저며내어
다진 마늘 양파 대파 잘게 썰어 넣고
고추장 간장 고춧가루 설탕 액젓
양념 고루 비벼넣을 동안
머릿속에서 그려지는 참이슬 소주 한 잔
철판 위에 기름 두르고

양념 바른 오겹살 지글지글 굽는 동안
오늘이라는 지상에서의 하루가
고맙고 소중하다
이승에서 머무는 삶이 한 잔 술에 즐겁고
세상이 따뜻하다
날 저무는 저녁나절
아아, 거기 친구여, 그렇지 아니한가!

요리사는 괴롭다

도마 위에서 처음 칼질을 해본 요리사들은 안다
주저하며, 일렬로 칼날에 잘려나가는,
그러나 그전에
생물 식재료가 내지르는 미세한 꿈틀거림을
손끝에서 느낀다
사람 살아가는 일평생의 삶이 야생이라고 한다면,
사람은 그 야생에서 살아 있는 다른 생명체를
'사람의 밥'이라는 이름으로 먹어치운다
살아 있는 가젤이나 누를 산 채로 뜯어먹는
사바나 지역의 사자나 하이에나를 결코 욕할 수 없다
생명을 가진 식물이면 식물, 동물이면 동물
바닷속 어패류들이 가진 감정이나 언어
삶의 한살이는 어느 것이나 소중하다
도마 위에 끌려와 내지르는
생물 식재료의 마지막 고통과 비명

맨처음 서투르게 칼질을 해본 요리사들은 알지
사람의 일생을 위한 하루치의 허기와
식욕의 칼로리가 되어 사라지는 '사람의 밥'
생물에 처음으로 칼질을 해본 요리사는 괴롭다

숨죽이며 묻다

역지사지易地思之의 입장에서 말인데요.

제가 만약 마포 농수산물시장 활어생선횟집의 투명한 유리수족관 속에 갇힌 물고기, 그중에서 한 마리 농어로 유유자적 잠행하고 있다면 제가 며칠간 살아 있을 확률은 이틀 혹은 사흘, 바닷물 속 유리수족관 안에서 그 바깥의 살아 있는 사람들을 마지막으로 바라볼 수 있는 시간도 이틀 혹은 사흘, 그 시간에 삶을 위해서 제가 간절하게 기도할 수 있는 것은 무엇일까를 역지사지易地思之의 입장에서 세상에 물어보고 싶은데요. 모든 생물은 살아 있는 기간이 길고 짧은 것만 다를 뿐이라 한 생명이 한 생명에게 제몸을 밥으로 바치는 헌사獻辭, 모든 생명은 죽으면 자연으로 돌아간다, 그대가 돌아갈 자연은 어디인가, 도마 위의 난도질을 기꺼이 기다리며 역지사지易地思之의 입장에서 제가 숨죽이고 묵행하며 천천히 물속에서 유영하는 한 마리의 농어라고 생각한다면… 낙원樂園에서 한번쯤 날쌔게 퍼덕이며 살아보았던 농어라고 생각한다면…

사라짐에 대하여

사람이 죽는 순간
몸 바깥으로 빠져나온 영혼은
광속光速보다 더 빠르게 움직인다고 해요
그 사람
다음 세상이 결정되기 전까지
빠르게 우주 속으로 돌아간다 해요
사람들은 사십구제四十九祭로 망자를 위로하지만
이미 떠난 사람,
그 사람은 여기 없어요
사람뿐만 아니라
동물이면 동물, 식물이면 식물,
생명을 가진 모든 만물도 그러하대요
다음 세상이 결정되기 전까지
생명들이 무수히 사라지는 속도를 느껴보세요
살아가면서 문득 오싹한 바람을

느껴보신 적 있으신지요

나이 드신 사람은 더 자주 느낀답니다

빗속에서

마포 신수로 은행나무길
비 내리고 바람 불어서
길바닥은 미끄럽다
우산을 들고 조심조심 걷는데
등 뒤에서 또 하나의 발자국 소리
등 뒤에서 들리던 발자국 소리는
잠시 뒤 나를 추월한다
오른손에 우산을 쥔 그 여자
배 앞쪽엔 아기가 매달려 있다
그 여자의 왼쪽 어깨에
줄줄이 매달린 3개의 또 다른 쇼핑가방
오른쪽 어깨 위에도 또 하나의 묵직한 가방
바람은 불고 빗방울은 앞에서 때리는데
오른손에 쥔 우산으로 아기를 가리며
신수로 은행나무 길을 그 여자 바삐 걸어간다

주여, 이 빗속에서 짐을 지고 걸어가는 자
어떻게 도울 수 있나이까
빗속에서 나 혼자 중얼거리며
우산을 들고 그 여자의 뒤를
죄지은 듯 뒤뚱뒤뚱 뒤따라간다

떠나기 딱 좋은 날

봄날 천하장군 무주 답사 여행 떠나는
팔순 넘은 어머니께
아들들, 며느리들 다투어서
좋은 날 좋은 여행
마음껏 봄을 누리다 오세요
오늘, 떠나기 딱 좋은 날,
찬란한 봄날 되십시오
문자 메시지를 저마다 날리는데
꽃피고 꽃지는 봄날도 잊은 채
아버지는 날마다 출판사 형광등
침침한 불빛 아래서
돋보기안경 눌러쓰고
잘못된 말과 오자·탈자 바로잡는데
창밖을 내다보며
가는 봄날 뒷모습 바라보며

세상 바쁘게 살아가는 일
찬란한 봄날을 아쉬워하는
탄식마저도 사치스럽다는 아버지
그래도 아내의 건강한 봄나들이
그 하나만은 축복이구나
혼자서 떠나기 딱 좋은 날
아버지의 그날은 오늘일까 내일일까

떠남에 대하여

사람은 누구나 태어나는 순간부터
한 개의 해와 한 개의 달을
무상으로 배당받는다
살아가면서 한 번도 사용하지 못했던
대우주 속의 수많은 별들은
천체天體 속에 그대로 둔 채
사람은 일생의 약속을 지키며
이 땅을 떠난다
그대의 삶 속에서
한 개의 해와 달은 지금까지
어떤 모습으로 그대의 일생을 비추었던가
살아가며 누구나 느꼈던 슬픔과 기쁨
그대가 걸어온 발자취에 새겨져 있어
그대의 삶은 결코 외롭지 않았구나
잊지 마라

그대 혼자서 괴로워하며 꿈꾸던 날에도
밤은 찾아오고
아침이 또 문을 두드리지 않더냐
날마다 다른 모습으로 옷을 갈아입고
그대만을 위해 뜨고 지는
해와 달이 있으므로
그대여 삶은 진정으로 한번쯤은
누구를 사랑하다 떠날 만하구나

고향에 서다

내 눈의 홍채 안에서 일평생 출렁이는 바다
거기엔 나를 낳아준
부산 서구 초장동 천마산의
날빛이 담겨 있다
어머니와 아버지가 문을 열어주신다
억겁 우주의 허공이 멀리 있지 않으며
가난한 사람들의 짧은 꿈과 함께 빛난다
사람 사는 조그만 혹성의 한때
누구나 한 번 와서 노래했으리
견디기 어려운 고통의 시간보다
사랑했던 시간이 더 많았다고
살며 사랑하는 동안
부산이여
너는 항시 내 머리 위에서
밤하늘 별보다 더 반짝이누나

나는 죽어서도

저 별처럼 이곳을 떠나지 못하리라

강물이 되어 흐르라 하네

서로가 서로를 품고
함께 흐르는 것은 물밖에 더 있으랴
넉넉한 품으로
물과 물이 서로 어깨를 겯고
함께 바다로 동행하는
저 표표한 품세를 보아라
까마득한 수직 절벽 폭포든
험산 준령 골짜기
광야의 지평 어디서든
깊고 얕고 구석지고 외진 어느 곳이든
따지지 않고
서로서로 부둥켜안고 바다로 가는
저 사랑의 억만 년 도반道伴을 보아라
사람 살아가는 세상
제 뜻 낮추어 물이 되어 흘러가는 곳

서로간의 각진 마음 내리고
물처럼 살아가라 하네
강물이 되어 흐르라 하네

반구대 암각화
— 뿔피리 부는 사람

바람과 물이 절벽의 한쪽을
매끄럽게 잘라낸 자리
암석을 깎고 다듬고 새기는
선조들의 모습이 아직도 보인다
숨소리도 들린다
그 바위 안에 선사시대에 뛰놀던 짐승을
암각하여 가두어 두었다
한 마리 또 한 마리
어느덧 온 세상 천지
암각 화면 속에 가득하구나
붓을 들어 부드럽게 석벽石壁에 새겨넣듯
짐승들은 영원의 시간 안에서
모두 잠들어 있다
선조들이 배불리 먹고 즐기던
땅의 짐승, 물의 짐승들

오늘은 그들의 혼백을 기리고자
길고 긴 뿔피리 불며 하늘에 고한다
돌올한 남근男根 또한
이 돌 위에 새겨 내일을 꿈꾸게 한다

4

적벽赤壁에 서다

적벽_{赤壁}에 서다

시집『바람, 만지작거리다』를 마지막으로 남기고 떠
난 서정시인 임강빈 선생의 시를 읽으면 내가 서 있는
이곳이 더 이상 갈 수 없는 적벽_{赤壁}임을 깨닫는다

살아서 생애 끝에 시인이 소요했던 '세상'이 대전 한
곳뿐만은 아니겠으나 그가 죽기 전에 보았던 적막 속
의 마지막 하늘과 바람, 함박눈과 꽃과 나뭇잎들이 시
집 속에서 새로 반짝반짝 빛난다

이 세상의 것들이지만 그것들이 내뿜는 정념은 이
세상의 것들이 아니어서 더욱 슬프고 눈물겹다 아내
의 은수저와 어머니의 보름달과 1천 원짜리 커피를 마
시는 변두리 이층다방의 어르신들이 저마다 홀로 가
진 적벽_{赤壁}이 내 몸을 파고든다

서정시인 임강빈 선생이 이 세상에 시로 새겨놓은
슬픈 하늘이 적벽 위에 걸려 있다

이발을 하며

이발소 의자에 앉아서
두 눈을 감으면 일평생이 보인다
가위에 잘린 머리털 하나하나마다
번뇌가 수북하다
어깨 위에 날리는 눈송이는
가볍고 슬프지만
생을 마감하고서
내게서 잘려나간 머리털은
먼 길 떠나는 고별사를 대신한다
고단했던 일평생을 촘촘히 보여준다
내 몸에서 떨어져 내리는
저 가벼운 분신이여,
그러나 나는 눈을 감고 있다
이발소 의자에 앉으면
내 몸이 걸어왔던 길이 보이고

그 길 위에 잘려나간 꿈과 상처
함께 자란 일평생도 보인다

홀로 술잔을 비운다는 것

내가 사는 마을은 4대문 안의 내수동
내 삶의 마지막 꿈은
인왕산 너머로 해가 지기 전에
집을 나와서 서촌으로 걸어가서
주막에 홀로 앉아 술잔을 비우는 것이다
지금껏 무사히 지켜온 내 일신상의 굴곡
한 잔 술을 비우며
일평생이 남긴 그 부끄러운 자화상을
스스로 지워가는 일이다
군신君臣이 살지 않는 외로운 창덕궁
혹은 시간을 달리하며
권력이 자주 바뀌는 북악산의 청와대
거기까지는 말고
서촌 골목 안 노포老鋪 주막집에 앉아서
누구에게나 보이는

지는 해 바라보며
홀로 술잔을 비우는 것이다
내 삶의 마지막 꿈은
북망산으로 떠나기 전
그 환한 적멸의 시각이 오기 전에
진실로 고마웠다 행복했다 말하며
잘 살아온 이승의 한 시절에게
그 등을 토닥여 주는 것이다

어머니 오시다

여든을 바라보는 나이가 되어도
어머니가 그립다
비오는 날 아침
화장실 거울 속에서
머릿비녀를 입에 물고
꼬부라진 머릿결을 두 손으로 펴올리는 어머니
아, 어머니가 우리집에 문득 와 계시다

*

어머니라는 이름을 가진 여자들은 위대하다
여자들의 자궁 속에서 인류가 태어나기 때문이다
여자들의 자궁 속에는 우주와
인류의 역사가 함께 담겨 있다
인류에게 기쁨과 허기를 채워주듯
태어나서 다시 돌아가기까지
슬픔과 고뇌 또한 일생 위에 새긴다

인류의 다른 이름인 어머니를 사랑하라

*

비오는 날 아침 뿌연 습기 속에
시력 탓만도 아닌
흐린 화장실 거울 속에서
어머니가 아들을 바라보고 계시다

면도를 하며

사흘 만에 까칠하게 돋아난 수염
나는 무심코 거울을 바라보며
칼날을 댄다
문상問喪을 다녀온 자의 슬픔이
아직도 묻어 있는 거울 속에서
나는 세상을 떠난 사람이 남긴
흔적을 지운다
그대여, 날밤을 지새운 듯 눈썹마저 하얗구나
세상은 무심하게 해가 뜨고 지는구나
나는 좀더 냉정해지기 위해
눈을 몇 번 껌벅이며
코밑과 턱의 경계를 칼날로 민다
바라보지 마라
거울 속에서 나는 짧게 탄식한다
내 몸이 가진 것 하나하나

스스로 존재를 지워가고 있는 봄날 저녁
목련꽃 지는 시간의 언저리
거울 저 반대쪽의 세상에서
나는 지금 어디를 향해서 걸어가고 있나

누군가가 떠나갔다

바람이 분다
천지에 낙엽이 흩날린다
한 시절 삶을 끝내고 떨어지는 나뭇잎을 보면
나뭇잎은 저마다
몸속에 제 이름을 새긴 문양이 보이고
투신하기 전에 껴안고 살았던
아찔한 벼랑 하나가 보인다
이 세상의 삶을 끝낸 누군가가
먼길 떠나기 전 그곳의 벼랑
평생 낮은 곳에서 뜻을 벼룬 사람은
하늘에 올라 별이 되고
나뭇잎은 지상으로 내려와
슬픈 이름을 받든다
하늘과 지상의 경계 사이에서
바람은 불고

벼랑 하나씩을 껴안고
서로 이름을 부르며
나뭇잎은 떨어져서
누군가가 떠나간
가을을 적멸寂滅로 물들게 한다

만추, 낙엽들을 지휘하다

바람이 분다
민감하게 연출하는 지휘자의 손
붉게 혹은 누렇게
허공으로 느닷없이 뛰쳐나와
흩날리는 나뭇잎이
천지에 가득하다
누구의 부음訃音일까
만추晩秋에 보이는
하늘로 길 떠난 사람들의 뒷모습
걸어온 길보다 떠나야 할 길이
더 선명하게 보이는
늦은 가을길
인생은 짧다고
바람은 불어서
붉게 혹은 누렇게

길바닥까지 분장시킨다
나뭇잎이 또 한 장 떨어진다

까마귀와 함께

아침부터 까마귀가 우짖고 있다
한 마리가 아니라
여러 마리가 방향을 바꿔가며
대귀對句를 한다
목소리마다 슬픔이 묻어 있고
왜, 왜, 왜라고 반문을 하기도 한다
폐부 깊숙이 감춰둔 말을 꺼내어
공론화하기도 한다
마포 인근의 강과 신촌 야산을 향해
까마귀가 우짖고 있다
저들이 모여서 주고받는 말속에는
대체적으로
긴박한 전언傳言이 있고
슬픈 부고訃告가 담겨 있다
나는 까마귀의 말을 모른다

까마귀 일가一家들이

다급하게 주고받는 대화 속에서

오늘따라 내가 가슴이 아파오는 것은

그들의 목소리 속에 담겨 있는

급작스런 조문弔問의 슬픔이

나를 흔들기 때문이다

은행나무와 함께

아침 아홉시에 주차를 하고 운적석에서 내리면 그가 서 있다 가을이 와서 황금빛 제복을 입고 꼿꼿하게 서 있는 그에게 나는 목례를 한다

저녁 다섯시 퇴근을 위해 시동을 걸기 전에 그는 바람 속에 서서 샛노란 은행잎 몇 잎을 떨어뜨린다. 보닛과 앞유리 차창을 장식한 몇 장의 잎사귀는 주행중에 길 위에서 흩날린다

사시사철 제복 색깔을 바꿔 입고 그가 내 삶 위에 묵묵히 서 있다 그와 나와의 철학적 존재 담론은 얼마나 오래갈 것인가

비오고 바람 불던 늦가을, 그가 지상에 마지막으로 떨어뜨린 잎을 나는 노안老眼으로 무심코 바라보며, 그가 나에게 남긴 생명의 흔적, 한 장 잎사귀에 담겨 있는 그의 귀소歸巢를 나의 삶 속으로 끌어와 깊은 밤 꿈속에서도 또 한 번 뒤적여 보는 것이다

혼자 점심 먹기

혼자 점심 먹으러 가는
겨울 마포는 바람이 드세다
모자를 깊숙이 눌러쓰고
밥 먹으러 가는 길
겨울하늘은 새파랗다
오늘은 마포손칼국수
오늘은 국물맛 뜨거운 고향식당 김치찌개
오늘은 잔치국수
찾아가는 음식마다 국물이 있고
입맛 따라 엄마와 이모가 번갈아
추억 안에서 내게 손짓한다
순례자처럼 나는 엄마도 따라가고
이모가 차린 밥국도 생각한다
때로는 내가 좋아하는 이삭토스트
월요일부터 금요일까지

점심은 늘 혼자이면서
부산스럽게 추억을 끄집어 내놓고
시끄럽게 먹는다

길을 걷다

아침 산책길에
혼자서 지팡이를 짚고 힘겹게 걸어가는
꼬부랑 노인을 보았다
그 사람 걸어가는 뒷모습 보는 동안
어느 새 그 사람은 내 안에 들어와 있다
아직 걸어가야 할 길이
나에게 얼마 남아 있는지 알 수 없지만
내겐 병들지 않은 몸과
지팡이 없이 걸어갈 수 있는
두 다리가 있음을
고맙다, 고맙다고
하늘에 기도하듯 입속말하며
나는 천천히 걷는다
어제까지 세상 속의 허상虛像을 좇아온
나의 보법步法은 너무 단순하다

걷는 길 어디에서나 허방이 따라오고
사는 곳 어느 곳에서나 참회가 필요했다
아침 산책길 위에
나하고 방위가 달라서
깜짝 놀란 새 한 마리
인왕산 쪽으로 화살을 쏘듯
잽싸게 날아가고 있다

거울 앞에서

내가 내 이름을 불러볼 때가 있다
하루의 시간을 끝낸 자에게
등 두드리며 나직이 불러주던 이름
거울 앞에 서 있는
주름진 늙은이의 얼굴을 보며
나는 내 이름을 호명한다
세상 나들이 끝내고
돌아가야 할 마지막 시간을
나는 서둘러 묻지 않기로 한다
적멸의 시간이 가까이 와 있으므로
아침부터 저녁까지 걸어왔던
그 길 위에 서서
오늘 저녁 나는 다시 등불을 켜며
그대를 사랑했노라 나직이 말한다

겨울의 암호 파일

유리처럼 얼어붙은 혹한酷寒의 겨울하늘 속을
빗금 그으며 날아가는 겨울새
그것은 상징이다
아파트의 보일러와 굴뚝의 수증기도
이리저리 몸을 구부리고
혹한의 하늘에다 대고 말하는 모습이 보인다
검찰청 포토라인에 서서 말하는 사람의 입과 코에서
하얀 입김이 날아오르는 것이 보이고
그 하얀 입김은 혹한 속에서만 기호가 되어 사라진다
짧고 단호한 음성이
수증기의 곡선에 담겨 있다
사람의 속내도 겨울 혹한의 수증기 속에서만
분명한 형태를 드러내 보인다

5

천사들이 출연한 라이브 극장

천사들이 출연한 라이브 극장

평택의 주상복합 건물 2층에서 타오른 불길은
연기와 함께 4층 건물을 삼키기 시작했다
평택의 저녁 6시,
불길과 연기를 피해 4층 베란다 창에 모습을 보인
젊은 나이지리아인 엄마 뒤에는
아이들 셋이 엄마 몸에 매달려 있었다
1층 길바닥에는 담요와 이불을 펼쳐 든
행인들이 소리치며 발을 굴렀다
던져라, 던져라,
다 함께 외치는 그 처절한 떼창은
나이지리아인 엄마의 귀를 때렸다
4층 벼랑에서 엄마는 먼저 한 살짜리 아기를 던졌다
여섯 명의 천사 행인들이 펼쳐 든 이불 속에
아기가 무사히 안착하자
엄마는 다시 세 살짜리 아이를 던졌다

그리고 네 살짜리 아이를 차례대로 던졌다

마지막으로

젊은 나이지리아인 엄마의 육중한 몸을 받기 위해

지상 1층에서 이불귀를 잡은 천사 행인들은

어느덧 열여섯 명으로 늘어나 있었다

평택의 저녁 6시,

나이지리아인 엄마는 주저없이

4층에서 1층 이불 위로 몸을 던졌다

세상 살아가는 아름다움과 눈물겨운 그 생생 무대를

오늘은 평택에서 보았다

1979년 신촌, 우리들이 올렸던 시극詩劇

목조건물 2층 허규許圭의 민예소극장은
이화여자대학교 정문 인근에 있다
청미靑眉의 여성시인 김후란, 허영자와
60년대 시인 정진규, 이근배
김종해, 이탄, 강우식, 이건청
여덟 명의 젊은 시인들이
무대 위에 올린 시극詩劇
'현대시를 위한 실험무대'는
그해 12월의 일주일 동안 공연되었고
연출가 허규는 정진규의 시극『빛이어 빛이여』속에
그해의 마지막 불을 지폈다
시극 안에서 불꽃으로 타오르던 연극인들은
밤무대 조명이 꺼지자
비로소 제 모습을 찾았다
민예극단을 떠받치던 윤문식, 김종엽 그리고

112

제일 젊은 연극인 손진책, 김성녀의
어린 감성이 무대 뒤에서 돋보였다
시극보다 마당극
시인과 연극인이 엮어내던 불꽃은
일주일의 마지막 공연이 끝나고
쫑파티 때 부르던 합창
만경창파 일편주에 어기여차 돛 달아라
우리는 한 시대의 어둠과 분노를 목청에 담아서
어기야 디여차, 어기야 디여차
타는 목구멍에 소주를 털어넣고
그때 신촌이 떠나가도록
목청껏 뱃노래를 부른 적이 있었다

문병을 갔다

문병을 갔다
부산 송도 요양병원
생물학적으로는 이미 죽어 있는
우리 토성국민학교 동기 동창생
외사촌형 최경호의 병상을 찾아갔다
우리 어린 날의 요람이었던
아름다운 송도 백사장 언덕 위에서
그의 생애가 희미하게 깜박거렸다
뭉크의 그림보다 더 일그러진
그의 이마를 짚으며
우리 토성국민학교 동기 동창생 세 명은
저마다 가슴으로 울었다
희수喜壽를 맞은 우리들의 내일은
저러하지 않으리라
우리는 저마다 제가 맞는

내일의 어둠을 지우려고 발버둥쳤다
문병을 마치고 요양병원 문을 나오는
우리들의 손목에는 저마다
환자의 손을 묶었던 줄이 감겨 있었다
아무도 풀 수 없는 그 줄이
세 겹으로 감겨 있었다

길 위에서 동인을 만났다

새벽 6시 먼동이 틀 무렵
한 주일에 한 차례쯤
그와 나는 사직로 8길에서
약속도 하지 않고 길 위에서 만난다
성경책을 들고 새문안 교회로
주님 뵈러 가는 노구老軀의 은퇴 언론인
삶의 굴곡 오르고 내리며
잊혀진 계절을 지나
문득 뒤안길에서 그를 만났다
53년 만의 까마득한 해후
그가 새벽마다 가는 교회에는
주님의 지극한 사랑과 기도
내가 새벽마다 가는 피트니스센터엔
땀 흘리는 러닝머신과 운동기구가 있다
시詩가 인생과 삶의 궁극적 가치였던

우리 젊은 날

그와 나는《신년대新年代》시동인지를 내며

열정과 패기를 시詩 속에 묻었었지

인왕산 밑의 사직로

지근 거리에 각기 살면서

그와 나는 새벽길에 다시 만났다

새벽 6시 먼동이 틀 무렵

그의 손에 들려 있던 성경책에서

햇빛을 가지러 가는 자의 지혜로움을

나는 매번 새롭게 보았다

효창동 굴참나무 그 집
─김남조 시인이 초청한 열 명의 시인 출판기념회

한 세기(世紀)가 빛과 그늘을 남기고 바뀔 동안
한 시인과 한 조각가가
서로 사랑하며
시대를 움직이며 살았던 효창동 그 집
〈예술의 기쁨〉* 그 전시관에
따뜻한 봄날이 와서
오늘은 노시인 김남조 선생님이
안식과 사랑을
시인들의 정수리마다 손수 쏟아붓네
시인들이 저마다 시집 속에 저며넣은
사랑의 갈구와 통증을
어머니처럼 어루만져 주네
〈즐겁소〉 식당에서 술과 저녁밥을 배불리 먹고
〈예술의 기쁨〉에서 시를 올려 노래하는 그 밤에
효창동 그 집에서 수백 년 자라던

굴참나무도 방 안으로 들어와
노시인 김남조 선생님처럼
품속에서 잎을 꺼내
반짝거리고 있네

  *〈예술의 기쁨〉: 조각가 김세중 선생을 기리기
  위해 건립한 문화예술전시관.

등산기

서울의 남쪽
청계산 옥녀봉에 봄이 왔다 해서
다섯 명의 시인들이 등산하던 날 아침
청계산 아래 초입에서부터
나는 산의 완강한 등산 거부를 통고받았다
25년 전에 신던 등산화 밑창이
모두 삭아서 떨어져 나갔다
이제부터 등산은
375m 높이의 저 냉랭한 옥녀봉에 물어보라
누군가가 급히 사다준 새 등산화를 신고
가파른 숨 내뿜으며
세상 살아가는 또 다른 등산 고문拷問을
땀으로 씻어내며
봄산의 흙과 바윗길을 오른다
가파른 산길 양쪽으로

진달래는 한 줄로 서서
꽃싹마저 감추고 모른 척한다
아직은 찬 바람
개나리꽃마저 눈감고 있다
헉헉 숨을 뿜으며 오르는 산길
좁다란 등산길은 봄카펫의 흙향기가 묻어 있다
이제 이 산마저 오르지 못하면
나는 죽게 되리라
온몸에 흐르는 땀
열 번 쉬다 걷다 오르다 끝에 정상에 오른
청계산의 옥녀봉 얼굴
차고 부드러운 봄바람이 와서
등허리의 땀을 닦아준다
정상에 올라 세상 내려다보는 일
마지막 호흡이듯 황홀하구나

동해 망상 해수욕장
── 연작시 「항해일지」 쓸 무렵의 삽화 ①

내 나이 칠십칠 세 희수_{喜壽}에 이르매

새벽에 문득 잠이 깨어

삼십오 년 전 여름 한낮의 눈부신 백사장

동해안 망상해수욕장을 떠올리며 몸을 떨다

인명재천_{人命在天}의 의미를 바꾸며

바닷물 속에서 익사 직전의

두 청년의 생명을 구했던 일

그 다급했던 순간은 의인_{義人}이 아니더라도

누구나 할 수 있었던 일

오늘 새벽 잠깨어 다시 부르르 몸을 떨다

*

원산 바닷가 출신의 김광림_{金光林} 선생과

네댓 명의 시인들이 함께한 그 여름의 백사장은 뜨
거웠다

사람들이 만들어내는 벌거숭이의 아름다움

모래밭 위에서 뒹구는 황홀한 인파 속에서
우리는 천천히 산책하였다
두 쌍의 남녀가 보였다 여자들을 위해
한 남자가 멋진 수영 폼으로 깊은 바다로 나갔다가
돌아오다 힘이 달렸다 허우적대기 시작했다
여자 둘은 허리를 꺾으며 깔깔댔다.
그러나 위험하다
위기를 눈치 챈 또 한 남자가
처음의 남자를 돕기 위해 바다로 뛰어들었다
물속에서 맞닥뜨린 두 사람 중
구조자는 물속으로 사라지고
수면 위에는 처음의 남자 머리만 보였다
두 사람이 물속에서 엉긴 채 죽어가는구나!
절체절명의 순간, 나는 바다 쪽으로 뛰쳐나갔다
김광림 선생이 세차게 내 팔을 잡으며 소리쳤다

가지 마! 가면 죽어!

나는 팔을 뿌리치고, 모래 위로 내달리며

소년들이 갖고 노는 2개의 고무 튜브를 집어들고 달렸다

내꺼야, 도둑이야!

소년들은 모래 위에서 힘껏 소리쳤다

나는 바다를 향해 달렸다

바닷물을 향해 던진 두 개의 고무 튜브

달팽이 걸음보다 더 느린 바닷물 위의 튜브가

사고 지점에 도착했을 때

구조자로 나섰던 청년의 머리는 보이지 않았다

물 위에 떠 있던 처음의 청년이 무서운 흡착력으로

내 몸을 감아왔다

청년의 손을 고무 튜브에 가까스로 얹어 놓았다

죽기살기로 휘어감는 청년을 튜브 위에 떼어놓고

수면에서 사라진 청년을 찾기 위해
나는 물속으로 잠수했다
흐린 물속에서 청년은 둥둥 떠 있었다
두 팔과 두 다리를 오므린 모태 속의 태아 모습
어쩌면 처음으로 그 청년이 이 세상에서 맛보는
마지막 평안과 안식의 모습
나는 청년의 겨드랑이를 잡고 수면 밖으로 떠올랐다
두 개의 고무 튜브를 밀면서 해변 쪽으로 헤엄쳤다
해변에는 수십 명의 관중들이 손뼉을 치며 소리쳤다
그 속에서 두 명의 소년이 달려나와
고무 튜브를 잡아챘다
이 튜브는 우리꺼예요
미안하다, 돌려주었으니까 도둑은 아니지?
백사장 텐트로 돌아와서, 아내와 김광림 선생과
한 잔의 차디찬 맥주를 들이켜고 있을 때

인근 호텔의 수영장에서 아이들과 함께 물놀이하던

이탄李炭 시인이 달려와서 말했다

"와— 종해, 니가 사람 둘을 살렸다메.

인천에서 온 대학생들이래."

그날 저녁이 저물 때까지 구조된 대학생들은 모습을 보이지 않았다

저녁 라디오 뉴스에서도

두 사람의 대학생 익사 소식은 들리지 않았다

그날따라 망상 해수욕장의 내해內海는 밤새도록 잠들지 않았다

수부水夫를 깨우는 필생의 바람이

내륙으로 불고 있는 것이 보였다

높새바람이 부는 날을 조심하라
──연작시「항해일지」쓸 무렵의 삽화 ②

높새바람이 부는 날을 조심하라
해안을 따라 십리포 백리포 천리포 만리포
어디를 가나 아름다운 서해의 여름바다
해안에서 먼 바다 쪽으로 높새바람이 분다
천리포의 뜨거운 모래해변에서
우리 일가족 모두가 물속에서 물놀이를 한다
높새바람은 바다 위를 비질하며 지나간다
나는 불안하다
침대 튜브를 타고 물질하는 김요일
자꾸 바다 쪽으로 떠밀려간다
잠시 뒤 또 하나의 침대 튜브를 타고
한 청년이 빠르게 물질을 한다
서너 살 되는 어린 아들이 함께 타고 있다
높새바람에 떠밀리지 않으려고 안간힘을 쓴다
백사장 쪽으로 방향을 바꾸려 하지만

점점 멀어진다

침대 튜브 위에서 내려와 물속에서 튜브를 밀어본다

잠시 뒤 청년은 튜브를 놓치고 허우적댄다

아이 혼자 동그마니 얹힌 침대 튜브는

점점 멀리 바람에 떠밀린다

튜브를 놓친 청년의 당황해하는 모습이 역력하다

처음부터 위험한 순간까지 지켜본 나는

아내와 함께

멀리 해양구조대를 향해 고함을 지른다

사람 살려요! 사람 살려요!

사고 지점을 손가락으로 가리키며 소리친다

사람 살려요! 사람 살려요!

사고 지점을 손가락으로 가리키며 또 소리친다

백사장에서 물놀이하던 모든 사람이

다 함께 연이어 소리치며 떼창을 한다

구조대의 모터보트가 사고 현장에 닿기 전에
인근에서 침대 튜브를 타고 있던 김요일이
그곳으로 먼저 빠르게 물질해서 가고 있다
나와 아내는 힘껏 소리쳤다
가지 마, 김요일! 가지 마, 김요일!
가면 함께 죽어, 가지 마!
그가 멈칫하고 침대 튜브를 멈춘다
아이 혼자 남아 있던 침대 튜브 위에서
아이마저 물속으로 미끄러지고
침대 튜브만 빙글 돌며 물 위에 떠 있다
사람 살려요! 사람 살려요!
수백 명 피서 인파의 떼창은 이어지고
사고 현장으로 달려온 구명 모터보트는
물속에 가라앉은 아이부터 건저 올렸다
골든타임 십여 분이 흐른 뒤

구조대는 축 늘어진 청년마저 물속에서 건져 올렸다
'아이만 살리고, 아빠는 죽었대.'
서해바다 천리포의 저녁해가 지기 전
백사장에 모인 사람들의 살갗에
아프게 파고드는 저녁노을은
이생 밖으로 사라진 한 젊은이의 죽음을
조문하고 있었다
사고 지점 가장 가까운 곳에 있으면서
왜 나는 그 젊은이를 구조하지 않았는가
전에 뱃사람이었던 나는 스스로를 변호하였다
물에 빠진 사람
구조 장비 없이 구하려 들면 너도 필시 죽게 돼
그러나 그 생각은 나의 판단일 뿐
한 사람은 살리고 한 사람은 마침내 죽었다
그때 서해안의 그 천리포에서

수백 명의 떼창으로 생명을 구했던 그 아이
지금은 어른이 되어 어디서 아버지를 그리며
바다를 두려워하고 있을까
살아가는 우리 세상 삶에서도
항상 높새바람이 부는 날을 조심하라고
나 그에게 귀띔하고 싶다

시의 순교자, 길 떠나다

— 정진규鄭鎭圭 시인을 애도하며

가슴 아프고 눈물나구나
시를 위해, 한평생 시의 위의威儀를 지키고 가꾼
한국 현대시의 순교자
경산絅山 정진규 시인
시인동네 시인들의 스승이며 어른이며
따뜻한 선배이며 길동무였던 그대
아직도 할 일이 많은데
그리 바삐 떠나시는가
안성 보체리에서 태어나
안성 보체리로 돌아가기까지
그가 남긴 큰 시인으로서의 발자취
우리 시의 깊이와 높이를 주도하며
다채로운 현대시의 발전을 위해 심혈을 쏟던
그의 열정적인 모습 새삼스럽게 가슴을 때리는구나
인사동의 좁은 골목길

현대시학사의 작은 사무실의 불빛을 우리는 잊을
수 없다
월간 시전문지《현대시학》을
25년 동안 외롭게 가꾼 시인의 노력은
오늘의 한국 현대시사를 풍요롭게 하였고
한국시의 위상을 누구보다 드높였다
그가 주재하여《현대시학》이 배출한
뛰어난 후학시인과 신진시인들의 활동은
오늘의 한국 시단의 탄탄한 허리를 만들었다
그의 외로운 시인으로서의 싸움
등단 57년이 지나서도
몸과 자연의 눈부신 생명력을 산문시 속에 녹여
또 하나의 시의 개성을 구현하였다
경산絅山 정진규 시인, 기억하시는가
자랑스런 우리들의《현대시》동인 시절

「아리스」다방 거쳐 논전을 끝내고
늦은 밤 동인들은 모두 돌아가고
맨 마지막까지 남아서 둘이서 술잔을 비우던
무교동과 인사동 술집들
그때 우리들의 방황과 돈독함이
오늘의 이별을 더 눈물나게 하구나
지금 산수傘壽를 바라보는 말년이 되어서도
우리는 언제나 영원한《현대시》동인
신촌 이대 정문 앞 허규 선생의〈민예극장〉2층
〈현대시를 위한 실험무대〉에서
시극을 썼던 8명의 상임시인 중에서
제일 먼저 시극「빛이여, 빛이여」를 써서 일주일 동
안 공연하며
시를 낭송하며, 연극인들과의 즐거운 뒤풀이
생생하게 생각나구나

일본, 대만, 중국, 미국, 멕시코 등지에서 시인들의
해외 행사 때도
국내 곳곳의 섬과 바다, 산행 때도
우리는 함께 동행하며
지상의 즐거움을 함께 나눴었지
생선회칼로 내가 손수 뜬 생선회와
숯불에 구운 바다장어를 맛있게 먹던 그대
경산絅山 없는 이 세상 천지
어디 가서 또 맛자랑을 해보일꼬
가슴 아프고 눈물나구나
부디, 부디 편안히 가시라

2017년 10월 1일 시우詩友 김종해 글 올리다

그대 먼저 보체리로 가 주시게
— 정진규鄭鎭圭 시인에게

초가을 저녁은 빨리 어두워지기 위해
어깨로 아산병원을 감싼다
생과 사가 교차하는 이곳에 창문이 있다
이별이 있던 이곳에 또 왔다
가슴이 다시 아파온다
중환자실에서 며칠만에 돌아왔던 그
입원실 창문 밖으론 한강이 흘러간다
정진규鄭鎭圭 시인이 덧없이 내다보는 한강을
나는 보았다
친구여 우리들의 일평생이
어제도 오늘도 물같이 흘러가고 있구나
마음속에 담아간 위로의 말
시인의 눈속에다 가만히 건넨다
낙향한 안성安城 보체리를 이야기하고
그가 만든 황토방에

올겨울 군불 지필 것을 이야기한다

문병 마치고 어두워진

강북 집으로 돌아가는 길이 흐릿하다

동호대교 한남대교 반포대교

한강 위에 놓인 세 개의 교량마저 놓치고

운전대 잡은 채 잠수교를 우회하며

나는 깊이 탄식한다

오늘 저녁 길을 잃고

내 귀로歸路 위에 얹힌 교량을 모두 놓치더라도

그의 치유가 먼저라는 것을

나는 백번 곱씹는다

내가 이 강을 건너지 못하더라도

친구여, 그대 먼저 쾌유하여 보체리로 가 주시게

태극기와 함께

100주년 3·1절 이른 봄날 아침
16층 베란다에 태극기도 내걸지 못한 채
창문을 여니까 봄이 와 있다
깃봉이 부러진 태극기
펄럭이지 못할 태극기 때문에
나는 아침부터 우울하다
그럼에도 불구하고
한 편의 시를 쓰기 위해 사무실로 출근한다
지난 밤 꿈속에서 썼던
한 줄의 시마저도 햇빛 속에 하얗게 사라졌다
시간은, 세월은, 역사는
나를 내려놓고 스쳐 지나간다
TV는 하노이 북미회담 결렬을 이야기한다
남쪽이 먼저 풀어놓는 제재완화
그보다 더 절박한 한반도의 비핵화를

남쪽이 빠진 종전終戰 회담에
나는 더 날을 곤두세운다
왜라고 말할 것 없이
100주년 3·1절 봄날 아침
한반도기가 아닌
기미년己未年 그날에 흔들었던 태극기를
오늘 나는 온몸으로 휘날리고 싶다

서대문 형무소 여옥사女獄舍 8호실

야비하구나
위안부와 강제징용
침략자 일본 군국주의의 마지막 흑역사를 지우기
위해
대한민국을 향한
아베 신조의 날선 경제보복을
오늘 우리는 모두 꿰뚫어 보고 있다
유관순 열사 순국 100주년
서대문 형무소 여옥사女獄舍 8호실
혹은 지하 감방에서 성고문性拷問으로 죽어간 여성들
나루히토 새 일왕日王과 아베 신조에게
우리는 호통치고 싶구나
앞으로 새 100년
짓밟힌 이웃 국가에게
무릎 꿇는 마음으로 항상 속죄하라

*

1919년 3·1 만세운동 다음해
서대문 형무소 여옥사女獄舍 8호실
황토색 죄수복 입고
콩밥덩이로 허기를 달래며 기도하는
여덟 명의 대한의 여성독립투사
연약하기도 해라 그러나 끈질기구나
죽음이 숨쉬는 곳
열여덟 살 소녀에게
가혹한 성고문性拷問으로 목숨을 짓밟아도
아름다운 꽃송이는 끝내 지지 않고
어두운 역사를 밝히는 별이 되어 떠 있구나
누가 그대들을 이곳에 불러 모았던가
대한민국 역사가
그녀들 이름을 하나하나 호명한다

천안 유관순, 명천 동풍신, 개성 권애라
수원 김향화, 본산 신관빈, 개성 심영식
충주 어윤희, 파주 임명애
서대문 형무소 여옥사女獄舍 8호실은
대한민국의 독립과 자유를
여성들의 몸으로
새로 탄생시킨 산실産室의 상징이다
이 땅의 방방곡곡 가녀리고 연약한
딸이며 누이이며 아내이고 어머니였던
대한의 평범한 여자들이
이 땅을 새로 낳고 이 땅을 지킨다
죽음을 두려워하지 않고
독립 만세에 누구보다 앞장섰던
그대 여성들의 헌신보국이 있으므로
대한민국의 역사는 영원하다

일상의 삶 한가운데서 삶의 의미를,
또는 삶과 죽음의 의미를 찾아서

―김종해 시집 『늦저녁의 버스킹』에
다가가기 위한 하나의 시도

장경렬 | 서울대학교 영문과 명예교수

일상의 삶 한가운데서 삶의 의미를, 또는 삶과 죽음의 의미를 찾아서

—김종해 시집『늦저녁의 버스킹』에
　다가가기 위한 하나의 시도

　　　　　장경렬(서울대학교 영문과 명예교수)

　김종철 시인의 유해가 절두산 순교 성지에 안장되던 2014년 7월 8일, 장례식을 마치고 다시 삼성병원의 빈소로 돌아온 버스에서 내려 각자 집을 향해 떠날 때였다. 어쩌다 보니, 내가 마지막으로 인사를 나눈 분은 김종철 시인의 형님인 김종해 시인이었다. 우수가 깃든 표정이지만 마음의 평정을 잃지 않으려는 듯 낮은 목소리로 간결한 작별 인사를 건네는 그에게 나 역시 안녕히 가시라는 말 이외에 아무 말도 할 수 없었다. 어떤 말도 위안이 되지 않을 것임을 알았기 때문이리라. 하지만 더 이상 아무 말도 없이 헤어지기에는 무언가 아쉬웠고, 그 때문인지 몰라도 그때 그의 목소리와 표정이 희미하게나마 내 기억의 한 모퉁이에 남아 있게 되었다. 그리고 세월이 흐른 뒤, 그가 건넨 시집 『늦저녁의 버스킹』의 원고에서 다음 시구와 마주하자, 내 마음에 그때 그 순간의 기억이 새삼 떠올랐다.

어느 것이든 사라져가는 것을
탓하지 마라
아침이 오고 저녁 또한 사라져가더라도
흘러가는 냇물에게 그러하듯
기꺼이 전별하라
잠시 머물다 돌아가는 사람들
네 마음속에
영원을 네 것인 양 붙들지 마라
　　　　　　　―「외로운 별은 너의 것이 아니다」 제6~13행

여기서 읽히는 것은 삶에 대한 현자賢者의 조언일 수 있다. 오고 사라져가는 아침과 저녁을 보내고 흘러가는 냇물을 보내듯, '잠시 머물다 돌아가는' 것이니 '사람들'과의 이별도 '기꺼운 전별' 속에 이루어져야 한다. 하지만 '기꺼운 전별'을 생각한다고 해도 그것이 누구에겐들 쉬운 일일 수 있겠는가. 쉽지 않은 일과 마주하고 있기에, 자신에게 주문을 걸 듯 시인이 떠올리는 말이 "기꺼이 전별하라"이리라. 오래 전 시인의 목소리와 표정에서 내가 짚어야 했던 것은 '기꺼운 전별'이라는 '당위當爲'와 이별의 아픔이라는 '현실' 사이에서 괴로워하던 그의 마음이었으리라. 시인의 이런 마음은 이번 시집의 기본 정조 가운데 하나로, 「축복이 잊혀지지 않는 이유」, 「추억은 아프다」, 「적벽에 서다」, 「문병을 갔다」, 「시의 순교자, 길 떠나다」를 비롯하여 인간의 죽음과 이별에 대해 시인의 깊은 상념과 시름을 담고 있는 적지 않은 작품들이 이를 감지케 한다. (인간의 죽음과 이별의 아픔에 관한 명상의 시에 속하지는 않지만, "연작시 「항해일지」 쓸 무렵의 삽화"라는 부제副題가 있는 두 편의 작품 「동해 망상 해수욕장」과 「높새바람이 부는 날을 조심하라」는 삶과 죽음 사이의 경계를 오가는 사람들에 대한 긴장감 넘치는 극적劇的인 서사敍事를 담고 있다. 따라서 이들도 넓게 보아 이번 시집의 중요 주제 가운데 하나인 삶과 죽음의 경계에 대한 시인의 생각을 담은 작품일 수 있다.)

김종해 시인이 2016년 3월 『모두 허공이야』를 출간할 무렵부터 지금까지 이어 온 작품 창작의 결실로 추정되는 시집 『늦저녁의 버스킹』의 원고와 마주하면서 나는 앞서 살핀 것처럼 인간의 죽음과 이별에 대해 깊이 명상하는 시인과 만날 수 있었다. 하지만 그뿐만이 아니다. 이번 시집에서 나는 일상의 삶 한가운데서 삶의 의미를 헤아리는 시인과도 만날 수 있었으니, 시인은 "영원을 [내] 것인 양 붙들지" 않으면서도 꾸밈이 없고 소박한 시어에 기대어 '영원의 깨달음'으로 우리를 인도한다. 시인의 시어가 꾸밈이 없고 소박한 것처럼, 그의 시에서 소재가 되고 있는 것도 인간사 어디서나 마주할 수 있는 지극히 평범할 뿐만 아니라 작고 사소한 것들이다. 예컨대, 때로는 풀잎이, 민들레와 같은 풀꽃이, 식탁 위의 밥이, 횟집 수족관의 물고기가, 집 바깥의 까마귀가, 거리의 은행나무가 시인의 눈길을 끈다. 이 가운데 풀꽃이 소재로 등장하는 다음 작품을 주목하기 바란다.

바쁠 것도 없는 세상
내려놓을 것 다 바닥에 내려놓고
머리를 숙이고 천천히 걷다가
나는 보았다
내 발보다 아래

시멘트 포도鋪道 길바닥을 뚫고 나온

한 송이 노란 풀꽃

가던 길 멈추고 나는 공손해진다

모진 삶의 역경을 거슬러 오르는

저 작은 꽃대 위에서

노랗게 웃고 있는 풀꽃 한 송이를 보며

나는 공손해진다

사월 초파일 하루 전날

어린 부처의 말씀이

시정市井 길거리까지 내려와서

풀꽃 하나의 화두話頭로

깜짝 놀래키듯

오늘 여기 보란 듯

삶의 생기를 북돋아 준다

—「풀꽃 한 송이를 보다」 전문

　"한 송이 노란 풀꽃"—즉, 민들레꽃—은 신산한 현실 속에서도 역경을 이기고 꿋꿋하게 이어가는 민초의 삶에 대한 비유로 시에 자주 등장하는 소재다. 하지만 비유를 포착하는 시인의 눈길만 강하게 감지될 뿐, 풀꽃 자체는 비유 저편으로 사라져 보이지 않는 경우가 적지 않다. 이와는 달리, 김종해 시인의 눈길은 어쩌다 그의 눈에 띈 '있는 그대로'의 풀꽃을 향한다. 이는 바로 [시인의] "발보다 아래 / 시멘트 포도 길바닥을 뚫고 나온 / 한 송이 노란 풀꽃"이다. 말하자면, 시적 비유의 과정을 거쳐 이상화된 풀꽃이 아니라 우리 모두의 눈에 띌 법한 '있는 그대로'의 풀꽃이다. 하지만 이를 쉽게 지나치는 우리와 달리 시인은 눈앞의 '한 송이 노란 풀꽃'에서 '사월 초파일 하루 전날'에 '풀꽃 하나의 화두'로 '시정 길거리까지 내려'온 '어린 부처의 말씀'을, '삶의 생기를 북돋아' 주는 '어린 부처의 말씀'을 감지한다. 시인에게 뜻밖의 깨우침이 찾아온 것이다. 어찌 '공손해'지지 않을 수 있으랴.

여기서 우리가 주목해야 할 것은 인위人爲의 세계와 자연自然의 세계 사이의 대비다. 현대의 인간은 문명이라는 인위의 세계가 영원하리라는 투의 오만에 빠져 있다. 그 오만을 엿보게 하는 것이 '시멘트'다. 영원할 것처럼 보이는 '시멘트의 세계'에 갇혀 인간은 자연을 유념하지 않는다. 하지만 세월이 지나면 시멘트는 삭아 부스러지게 마련이다. 이 시멘트가 말해 주듯 인위의 세계에서 영원한 것이라고는 존재하지 않는다. 하지만 자연은 스스로의 복원력을 통해 언제나 새롭다. 즉, 영원한 것은 자연이지 문명이 아니다. 바로 이 엄연한 사실에도 불구하고, 인간은 미망迷妄에 젖은 채 문명 속에서 삶을 이어간다. 이러한 미망에서 시인을 일깨우는 것이 바로 "모진 삶의 역경을 거슬러 오르는 / 저 작은 꽃대 위에서 / 노랗게 웃고 있는 풀꽃 한 송이"다. "모진 삶의 역경을 거슬러 오르"다니? 이 언사言辭에는 우리가 경계한 비유의 그림자가 어른거리지만, '시멘트 포도 길바닥을 뚫고 나'오는 일이야 '말 그대로' 풀꽃 나름대로 '모진 삶의 역경을 거슬러 오르'는 것이 아니겠는가. 아무튼, 시인은 풀꽃의 일깨움 앞에서 '공손해진다.' 이처럼 시인에게 일깨워짐과 공손해짐이 가능했던 것은 "바쁠 것도 없는 세상 / 내려놓을 것 다 바닥에 내려"놓은 채 "머리를 숙이고" 있었기 때문이 아닐지? 욕심과 아집으로 차 있는 한, 인간에게는 자연에 다가가는 일도, 그 어떤 깨우침에 이르는 일도 불가능한 법이다. 불교에서 말하는 선禪의 경지란 마음을 비워 마침내 무아無我에 이르렀을 때 가능한 것 아닌가. 시인의 마음 비움이 감지되는 이 시는 선의 경지가 일상의 삶 한

150

가운데서도 가능함을 일깨우는 예일 것이다.

마음을 비운 시인에게 삶의 의미를 일깨우는 것이 어찌 "시멘트 포도 길바닥을 뚫고 나온 / 한 송이 노란 풀꽃"뿐이랴. 마음을 비우면, 시인이 「숨죽이며 묻다」에서 상상하듯, '내'가 곧 "유리수족관 속에 갇힌 물고기"가 될 수 있고 그 물고기가 곧 '내'가 될 수도 있다. 자신의 마음을 비우고 그 자리에 대상을 받아들인다는 점에서 볼 때, "역지사지의 입장"에서 '내'가 물고기가 되고 물고기가 '내'가 되는 일은 세속의 삶 어디서나 가능한 일종의 세속적 선 수행의 행위로 여길 수도 있으리라. 하지만 어찌 이를 선불교의 관점에서만 볼 수 있겠는가. '내'가 '나비'가 되고 '나비'가 '내'가 되는 삶 또는 자연에 순응하여 사는 무위자연無爲自然의 삶을 찬양하는 도교의 관점도 이와 무관하지 않으리라. 아울러, 성경 빌립보서의 제2장 제7절에 언급된 '자기를 비워 종의 형체를 갖게 된 예수'를 본받는 일이 기독교인이 걸어가야 할 신앙의 길이라면, 이는 또한 기독교의 관점에서 본 종교적인 실천 행위일 수도 있으리라. 이제 이 시를 함께 읽기로 하자.

역지사지易地思之의 입장에서 말인데요.

제가 만약 마포 농수산물시장 활어생선횟집의 투명한 유리수족관 속에 갇힌 물고기, 그중에서 한 마리 농어로 유유자적 잠행하고 있다면 제가 며칠간 살아 있을 확률은 이틀 혹은 사흘, 바닷물 속 유리수족관 안에서 그 바깥의 살아 있는 사람들을 마지막으로 바라볼 수 있는 시간도 이틀 혹은 사흘, 그 시간에 삶을 위해서 제가 간절하게 기도할 수 있는 것은 무엇일까를 역지사지易地思之의 입장에서 세상에 물어보고 싶은데요. 모든 생물은 살아 있는 기간이 길고 짧은 것만 다를 뿐이라 한 생명이 한 생명에게 제몸을 밥으로 바치는 헌사獻辭, 모든 생명은 죽으면 자연으로 돌아간다, 그대가 돌아갈 자연은 어디인가, 도마 위의 난도질을 기꺼이 기다리며 역지사지易地思之의 입장에서 제가 숨죽이고 묵행하며 천천히 물속에서 유영하는 한 마리의 농어라고 생각한다면… 낙원樂園에서 한번쯤 날쌔게 퍼덕이며 살아보았던 농어라고 생각한다면…

　　　　—「숨죽이며 묻다」 전문

　시인은 상상 속에서 '유리수족관 속에' 갇혀 '유유자적 잠행'하는 물고기 가운데 '한 마리 농어'가 된다. 또한 '천천히 물속에서 유영하는 한 마리의 농어'에서 '숨죽이고 묵행'하는 자신을 본다. 그리고 그 농어가 앞으로 살아갈 '이틀 또는 사흘'밖에 '확률'이 되지 않을 삶에서 자신의 미래를 읽는다. 어찌 보면, 인간이란 수족관이라는 현세에 갇혀 길지 않은 세월을 유유자적 잠행하다가 곧 죽음을 맞는 존재다. 그럼에도, 수족관을 '날쌔게 퍼덕이며 살아'가는 '낙원'으로 생각할 법한 농어처럼 누구도 이를 패념치 않는다. 아울러, 시인은 인간조차 "한 생명이 한 생명에게 제 몸을 밥으로 바치는 헌사"일 수도 있음을, '난도질'이 기다리는 '도마 위'가 '돌아갈 자연'일 수도 있음을 '역지사지의 입장'에서 짚어 본다. 어찌 이보다 더 생생하고 명징하게 우리네 인간에게 삶과 죽음이 종국에는 어떤 의미를 갖는 것인가를 꿰뚫어볼 수 있겠는가. 시가 우리에게 '영원의 깨달음'으로 인도하는 문학적 장치라면, 이보다 빼어난 시는 어디서도 찾아보기 어려울 것이다.

시인이 일상의 삶에서 '영원의 깨달음'에 이르고 있음을 보여 주는 예는 이번 시집의 어디서도 확인된다. 예컨대, '식탁 위의 밥'에서 '세렝게티 초원'을 보는 「밥을 위한 기도」에서, "문득 [늦가을 낙산사의] 기왓골에서 떨어지는 낙숫물소리"가 "의상대 절벽 아래서 / 거칠게 먼 바다를 건너와 / 절벽 바위에 제 몸을 깨뜨리는 파도보다 / 더 예리하게 나를 깨[움]'을 깨닫는 「낙산사에서 깨치다」에서, "도마 위에 끌려와 내지르는 / 생물 식재료의 마지막 고통과 비명"을 "맨처음 서투르게 칼질을 해본 요리사"의 입장에서 감지하는 「요리사는 괴롭다」에서, "바람은 불고 빗방울은 앞에서 때리는" 어느 날 '왼쪽 어깨'에 '3개'의 '쇼핑가방'과 '오른쪽 어깨'에 '또 하나의 묵직한 가방'을 맨 채, 거기에다가 '배 앞쪽엔 아기'를 매단 채, '오른손에 쥔 우산으로 아기를 가리며' 나'를 '추월'해 지나가는 '여자'를 바라보며 "주여, 이 빗속에서 짐을 지고 걸어가는 자 / 어떻게 도울 수 있나이까"를 자문하는 시인의 무력감이 짚이는 「빗속에서」에서, "아침 산책길에 / 혼자서 지팡이를 짚고 힘겹게 걸어가는 / 꼬부랑 노인"의 모습을 바라보며 "어제까지 세상 속의 허상을 좇아온 / 나의 보법"이 '너무 단순'한 것임을, "걷는 길 어디에서나 허방이 따라오고 / 사는 곳 어느 곳에서나 참회가 필요했[음]"을 깨닫는 시인의 마음이 담긴 「길을 걷다」에서, 그리고 그 외의 많은 작품에서 우리는 일상의 삶 한가운데서 삶의 의미와 깊이를 가늠하고 깨닫는 시인과 만날 수 있다.

아마도 일상의 삶 한가운데서 얻은 깨달음 가운데 시인

이 특별히 소중하게 여길 뿐만 아니라 자신의 것으로 육화肉化하고 있는 것은 '아내의 소중함'일 것이다. 이번 시집에서 우리는 "희수喜壽를 앞둔 노년의 나이"인 시인—그리고 이제 그 나이에 들어선 시인—이 함께 사는 "산수傘壽의 늙은 아내"—그리고 이제 그 나이를 넘긴 아내—를 시적 소재로 삼은 작품과 여럿 만날 수 있는데, 여기에는 '신혼여행도 하지 못한' 아내와 함께 해외여행을 하는 동안에 아내의 모습을 '카메라에 소중히 담'으면서 "오늘이 지상의 마지막 날이라 한다 해도 / 나는 더 바라지 않고 더 꿈꾸지 않겠다"(「호놀룰루는 아름답다」)는 감동적인 고백이 담긴 작품도 있다. 시인의 이처럼 솔직한 고백과 마주하여 마음이 뭉클해짐을 느끼지 않을 사람이 어디 있겠는가. 시인은 때로 해외여행을 마치고 돌아오는 아내를 위해 밥상을 준비하기도 하고(「아내를 위해 밥상을 차리다」), 아내가 지방여행을 떠난 동안 "꽃피고 꽃지는 봄날도 잊은 채" "출판사 형광등 / 침침한 불빛 아래서 / 돋보기안경 눌러쓰고 / 잘못된 말과 오자·탈자 바로잡"다가 "찬란한 봄날을 아쉬워하는 / 탄식마저도 사치스럽다"고 생각하면서도 "아내의 건강한 봄나들이 / 그 하나만은 축복"임을 새삼 깨닫기도 한다(「떠나기

155

딱 좋은 날」).

어떤 작품도 소홀히 여길 수 없지만, 나에게는 특히 「아내를 사랑하라」가 시인의 어느 작품보다 더 사랑스럽다. 다소 길지만 전문을 함께 읽기로 하자.

희수喜壽를 앞둔 노년의 나이
눈도 귀도 몸마저 조금씩 돌아가는 그 나이
지나온 세월이 남긴 행복과 불행을
묻지도 말고 생각지도 말라
반려자 없이 혼자 살아가는 노년은 얼마나 슬픈가
아내가 죽어서 없는 삶보다
아내가 살아 있는 삶이 나는 행복하다
아내와 함께하는 세상의 삶이 내게는 은혜롭다
프로야구에 빠져 거실의 TV를 보다가도
아내가 좋아하는 드라마 방영시간이면 방을 옮겨라
주중엔 집안에 오래 머무르지 말며
없는 듯 지내고, 소리 내지 말라
아침에 아내가 외출하면 행선지를 묻지 말며
귀가 시간을 묻지 말라

아내의 쇼핑

아내의 해외여행 경비 지출에

조금도 불편한 내색을 보이지 말며

압력밥솥의 밥은 손수 퍼서

식탁 위에서 조용히 먹을 것

먹고 난 뒤 그릇들은 즉시 씻어둘 것

아내의 눈치를 보며 반주飯酒상을 차리려면

아내도 함께 즐길 안주감을 장만할 것

한 주에 한두 번 수산시장에 가서

아내가 좋아하는 바다생선류들을 장보아 올 것

생선 내장을 빼고 말리거나

냉동실에 넣기 위해 손질할 때도

칼 잡은 손을 놓지 말며

도마 근처에서 떠나지 말 것

낮시간에 가끔 영화관도 함께 가라

가서, 눈가에 감도는 눈물도 아내 몰래 닦아내라

아내가 죽어서 없는 삶보다

아내가 생기 있게 살아 있는 삶이 나는 행복하다

아직은 아프지 않고

이 세상에서 아내와 함께하는 삶이

나에게는 은혜롭다

　　　　—「아내를 사랑하라」 전문

"아내를 사랑하라"는 굳이 현자의 조언으로 읽힐 성질의 것이 아니다. 세속의 삶을 살아 온 사람이라면 누구나 할 법한 조언이기 때문이다. 또한 "눈도 귀도 몸마저 조금씩 돌아가는" 나이에 이르러 "반려자 없이 혼자 살아가는 노년은 얼마나 슬픈가"는 주변 홀아비 노인들의 모습에서 쉽게 확인할 수 있는 바이기도 하다. 그럼에도, 많은 이가 "아내가 죽어서 없는 삶보다 / 아내가 생기 있게 살아 있는 삶"이 얼마나 행복한 것인가를, "아직은 아프지 않고 / 이 세상에서 아내와 함께하는 삶"이 얼마나 은혜로운 것인가를 실감하지 못한다. 그런 이들에게 시인은 아내를 사랑하는 일이 '당위'임을 일깨운다. 그리고 '이 세상'을 함께하는 아내를 사랑하는 법을 구체적으로 일러 준다. 세간을 떠도는 '두려운 아내 앞에서의 처신 요령'을 '아내를 사랑하는 법'으로 새롭게 각색해 놓은 시인의 조언은 우리의 입가에 웃음을 자아내기도 하지만, 시인의 진심에 새삼 다가가게도 한다. 누구든

나이가 들어 노년을 아내와 함께하는 사람이라면 이 시를 손수 옮겨 적은 종이를 벽에 붙여두고 때마다 읽고 되새길 것을 권고함은 어떨지?

김종해 시인의 이번 시집에는 아내를 향한 시인의 마음을 담은 시뿐만 아니라, 「어머니 오시다」나 「아우의 페르시아행」처럼 먼저 세상을 떠난 가족에 대한 사랑의 마음을 담은 시도 있고, 「광화문의 달」처럼 지금 이 세상을 함께하는 가족에 대한 사랑과 그들의 앞날에 대한 염원을 담은 시도 있다. 사실 시인의 사랑은 가족에게만 향한 것이 아니다. 시인의 사랑은 그와 삶을 함께했거나 하고 있는 모든 시인들, 심지어 「서대문 형무소 여옥사 8호실」에서 감지되듯 '대한민국의 독립과 자유'를 '새로 탄생'하게 하고 마침내 '어두운 역사를 밝히는 별'이 된 '여덟 명의 대한의 여성독립투사'를 향해서도 여일如一하다.

이제 우리의 논의를 마무리할 때가 가까워 왔다. 이렇게 말함은 아직 다루어야 할 작품이 있다는 뜻이다. 사실, 김종해 시인의 이번 시집에 담긴 그 어떤 작품에 앞세워 주목해야 함에도 불구하고, 시집 안에서 차지하는 작품의 비중을 감안하여 논의를 뒤로 미룬 작품이 있다. 이는 바로 이번 시집에 표제標題를 제공한 「늦저녁의 버스킹」으로, 여기서 우리는 자신의 삶과 존재 의미를 되새기는 시인과 만날 수 있다. 물론 이번 시집에는 자신의 삶과 존재 의미에 대한 성찰을 엿보게 하는 작품이 이뿐만이 아니다. 「봄감기」, 「이발을 하며」, 「홀로 술잔을 비운다는 것」, 「면도를 하며」, 「거울 앞에서」, 「등산기」도 소중한 자기 돌아보기와 확인의 작품이다. 하지만 「늦저녁의 버스킹」을 각별히 주목하지 않을 수 없음은 시인이 '인간으로서의 자신'을 향한 시야를 '시인으로의 자신'에게로 좁히고 있기 때문이다. 시의 전문은 다음과 같다.

나뭇잎 떨어지는 저녁이 와서

내 몸속에 악기樂器가 있음을 비로소 깨닫는다

그간 소리내지 않았던 몇 개의 악기

현악기의 줄을 고르는 동안

길은 더 저물고 등불은 깊어진다

나 오랫동안 먼 길 걸어왔음으로

길은 등 뒤에서 고단한 몸을 눕힌다

삶의 길이 서로 저마다 달라서

네거리는 저 혼자 신호등 불빛을 바꾼다

오늘밤 이곳이면 적당하다

이 거리에 자리를 펴리라

나뭇잎 떨어지고 해지는 저녁

내 몸속의 악기를 모두 꺼내어 연주하리라

어둠 속의 비애여

아픔과 절망의 한 시절이여

나를 위해 내가 부르고 싶은 나의 노래

바람처럼 멀리 띄워 보내리라

사랑과 안식과 희망의 한때

나그네의 한철 시름도 담아보리라

저녁이 와서 길은 빨리 저물어 가는데

그 동안 이생에서 뛰놀았던 생의 환희

내 마음속에 내린 낙엽 한 장도

오늘밤 악기 위에 얹어서 노래하리라

　　　　　—「늦저녁의 버스킹」 전문

이 시의 제목에 등장하는 '버스킹'이라는 말은 '거리의 악사나 가수가 악기를 연주하거나 노래를 하는 행위'를 뜻하는 영어의 'busking'을 우리말 철자화한 것이다. 물론 거리의 악사나 가수는 이 같은 공연을 함으로써 주변에 모인 사람들로부터 금전적 보상을 기대한다. 때로 기대 이상의 보상이 있을 수도 있지만 아무런 보상이 없을 수도 있다. 아무튼, 그렇게 해서 얻은 수입이 얼마나 되겠는가. 이에 의존하여 거리를 떠돌며 삶을 살다 보니 그의 몸과 마음은 항상 지쳐 있게 마련이다. 혹시 2007년도 미국의 영화 〈어거스트 러시August Rush〉를 즐긴 사람이라면, 거리의 악사나 가수의 버스킹에 대해 따로 설명이 필요하지 않으리라.

이 시는 대체로 세 부분으로 나눌 수 있는데, 먼저 제1~7행에서 '나'의 독백이 이어진다. '나'의 독백을 통해 우리는 "오랫동안 먼 길 걸어"왔던 '내'가 "나뭇잎 떨어지는 저녁이 와서" 길의 어딘가에 머물게 되었음을 감지한다. 이윽고 "내 몸속에 악기가 있음을 비로소 깨"달은 '나'는 〈늦저녁의 버스킹〉을 위해 "그간 소리 내지 않았던 [내 몸속] 몇 개의 악기 / 현악기의 줄을 고"른다. 그 사이에 "길은 더 저물고 등불은 깊어진다." 이 시에 등장하는 '나'는 이 세상의 삶이라는 여정을 따라 발걸음을 옮기고 있는 시인 김종해 자신을 지시한다고 볼 수 있다. 그리고 '나뭇잎 떨어지는 저녁'

밀 더 저무는 '길'과 깊어지는 '등불'은 산수傘壽를 앞둔 또는 이제 산수에 이른 시인의 마음속 생체시계가 알리는 시간 및 그 시간에 시인이 느끼는 삶의 분위기를, "[내 몸속] 몇 개의 악기"는 시인의 내면에 존재하는 이른바 '심금(心琴)' 또는 현실 속의 현실적 인간으로서의 시인의 마음 내면에 존재하는 '또 다른 나'—그러니까 시적 선율을 창조하는 정신적인 존재로서의 시인—을 지시하는 것일 수 있다.

하지만 '내 몸속'에 '그간 소리내지 않았던 몇 개의 악기'가 있음을 '비로소' 깨닫다니? 수수께끼와도 같은 이 진술에 나는 문득 김종해 시인이 이전에 펼쳐 보였던 시 세계를 떠올려 보았다. 개인적인 인상에 불과한 것일지도 모르겠으나, 이번의 시집에는 바로 전에 출간한 시집인 『눈송이는 나의 각을 지운다』2013나 『모두 허공이야』2016에서조차 감지하기 어려웠던 무언가 색다른 것이 있다. 시어가 한층 더 평이해졌고, 시적 진술도 형식의 구속에서도 한층 더 자유로워졌다. 그뿐만 아니라, 시적 소재도 평범한 사람들과 사물들 및 그것들이 존재하는 낮고도 낮은 세상의 체취가 한층 더 강렬하게 느껴지는 것으로 바뀌었고, 또한 다양해졌다. 다시 말해, 그 동안 좀처럼 모습을 드러내지 않던 시인의 다

163

원적/다층적인 눈길이 전보다 한층 더 낮고 낮은 질박한 세상의 이곳저곳을 향하고 있음을 감지케 한다. 시인이 말하는 "그간 소리내지 않았던 [내 몸속] 몇 개의 악기"는 이처럼 이제까지와는 다른 세계를 시에 담아 전하는 '심금'의 존재를 노년에 이르러 언뜻 '내 안'에서 확인하게 되었음을 암시하는 것이 아닐지? 아무튼, 길 가던 세인들의 발걸음을 멈추게 할 〈늦저녁의 버스킹〉을 위해 '나'는 '현악기의 줄—말하자면, 시인의 마음속 '심금'의 줄—을 고른다. 그리고 '나'는 '고단한 몸'을 잠시 길 위에 눕힌다. 아니, '나'의 '고단한 몸'을 길 위에 눕히는 것은 '내'가 아니다. "길[이] 등 뒤에서 [나의] 고단한 몸을 눕힌다." '나'의 몸은 '나'의 의지에 따라서가 아니라 '나'의 몸을 받아 주고자 하는 '길'의 다감한 마음에 이끌려 '눕히어진 것'이다. '나'와 '나'를 받아 주는 '길' 사이의 따뜻한 마음 나눔이 감지되지 않는가. 여기서 감지되는 따뜻함은 사실 김종해 시인의 이번 시집 전체를 감싸고 있는 기본 정조다.

이윽고 제8~11행에서 길 위의 '나'는 주변에 눈길을 준다. 그런 '나'의 눈에 비친 세상을 시인은 이렇게 묘사한다. "삶의 길이 서로 저마다 달라서 / 네거리는 저 혼자 신호등 불빛을 바꾼다." 인간적인, 너무나 인간적인 세상의 모습이 시인의 눈에 비친 것이리라. 이에 '나'는 "오늘밤 이곳"이 〈늦저녁의 버스킹〉에 '적당하다'는 생각에 이른다. 그리고 삶의 이곳 '이 거리에 자리를 펴'겠다는 마음을 굳힌다.

제12~23행에서 '나'는 자신이 "오늘밤 이곳"에서 이끌어 갈 '버스킹'이 어떤 것이 될지를 가늠한다. '나뭇잎 떨어지고 해지는 저녁'에 '이 거리에 자리를 펴[고]' '나'는 "내 몸속의 악기를 모두 꺼내어 연주"할 것을, "나를 위해 내가 부르고 싶은 나의 노래"를 "바람처럼 멀리 띄워 보[낼]" 것을, '나의 노래'에 "사랑과 안식과 희망의 한때 / 나그네의 한철 시름도 담아[볼]" 것을, "그 동안 이생에서 뛰놀았던 생의 환희 / 내 마음속에 내린 낙엽 한 장도 / 오늘밤 악기 위에 얹어서 노래[할]" 것을 스스로 다짐한다.

시의 마지막을 장식하는 '나'의 감동적인 다짐에서 우리는 김종해 시인이 시인으로서 스스로 자신에게 어떤 다짐을 하고 있는지를 생생하게 감지할 수 있지 않을까. 어찌 보면, 시 속에서 이어지는 '나'의 다짐은 이번 시집의 시 세계에 대한 시인 김종해의 다짐을 드러내는 일종의 '서시序詩'로 읽히기도 한다. 하지만 어찌 이 같은 다짐이 이번 시집

『늦저녁의 버스킹』에만 해당하는 것이랴. 앞으로도 계속 이어질 시인의 시 세계에 대한 시인의 다짐일 수도 있고, 또한 새롭게 이어질 시 세계에 대한 '서시'일 수도 있으리라. 바라건대, 앞으로도 계속 이어질 김종해 시인의 시 세계가 우리를 여일㎞하게 '영원의 깨달음'으로 인도하기를!

늦저녁의 버스킹
김종해 시집

초판 1쇄 발행일 2019년 11월 11일

지은이 · 김종해
펴낸이 · 김종해
펴낸곳 · 문학세계사
주소 · 서울시 마포구 신수로 59-1(04087)
전화 · 02-702-1800 | 팩스 · 02-702-0084
이메일 · mail@msp21.co.kr | 홈페이지 · www.msp21.co.kr
페이스북 · www.facebook.com/munsebooks
출판등록 · 제21-108호(1979. 5. 16)
ⓒ 김종해, 2019

값 12,000원
ISBN 978-89-7075-933-3 03810

이 도서의 국립중앙도서관 출판예정도서목록(CIP)은 서지정보유통지원시스템 홈페이
지(http://seoji.nl.go.kr)와 국가자료공동목록시스템(http://www.nl.go.kr/kolisnet)
에서 이용하실 수 있습니다. (CIP제어번호: CIP2019043650)